如果梦碎了

潘政祥诗歌精选集

潘政祥　著

天津出版传媒集团
天津人民出版社

图书在版编目（CIP）数据

如果梦碎了：潘政祥诗歌精选集 / 潘政祥著 . --
天津：天津人民出版社，2022.1
ISBN 978-7-201-18077-9

Ⅰ . ①如… Ⅱ . ①潘 Ⅲ . ①诗集—中国—当代
Ⅳ . ①I227

中国版本图书馆 CIP 数据核字（2021）第 272144 号

如果梦碎了：潘政祥诗歌精选集
RUGUO MENG SUI LE：PANZHENGXIANG SHIGE JINGXUAN JI

出　　版　天津人民出版社
出 版 人　刘　庆
地　　址　天津市和平区西康路 35 号康岳大厦
邮政编码　300051
邮购电话　（022）23332469
电子信箱　reader@tjrmcbs.com

责任编辑　章　赪
封面设计　明翊书业

印　　刷　三河国新印装有限公司
经　　销　新华书店
开　　本　880 毫米×1230 毫米　1/32
印　　张　9.75
字　　数　200 千字
版次印次　2022 年 1 月第 1 版　2022 年 1 月第 1 次印刷
定　　价　68.00 元

序

PREFACE

三坑口的火柴棒，点燃这座山和那座山

浙江省武义县三坑口村有两株千年雌性银杏树；每年秋冬之交，银杏叶漫天飞舞，香飘十里。传说这两株银杏树是上千年前山民种下的，同时种下的树还有好多株。不过，在漫漫历史长河之中，这些树木或被大火焚毁，或被山民砍伐，最后只剩下两株银杏树。时间不语，唯剩两株银杏树，闪耀着历史的光芒。

正值盛年的诗人、作家和电影人潘政祥是三坑口村人。他生长于山村，练就农家孩子生存的技能，后应征入伍做了卫生兵，转业后去海岛创业。这一路走来，他坚持用文字点燃自己，将自己对世界炽热的爱散遍人间。从 20 世纪 90 年代初开始，潘政祥就陆续发表诗歌、出版诗集，至今已出版诗集、小说等。最近他又给我发来一部诗集。通读这些诗歌，他以往作品中激昂高亢的调性消逝了，多了些低落和伤感，但不乏率真、亲切。

近几年，可谓是潘政祥的高光时刻。他担任编剧与出品人，和团队一起拍摄了《一号特工》《谍与蝶》《浴血誓言》等多部主题电影，又出版小说，挖掘题材……无论是圈里还是圈外，潘政祥是大家公认的兼具头脑灵活与敢想敢干这两种特质的人。他胆大心细，善抓机遇，只要认准目标，便会一竿子扎到底。

凡专心投入文艺创作的作者，都会在作品中揉入自己的影子。潘政祥渴望在大风大浪中锻炼自己，想成就一番非凡的事业。可是在文艺世界中“建功立业”只能是过把瘾，当回到现实世界，更多的是“拔剑四顾心茫然”的无奈。潘政祥长期生活在海岛上，又喜欢四处闯荡，与故乡自然容易疏离。这也造就了他独特的文风。潘政祥的作品让我想起已故著名诗人曾卓的《悬崖边的树》：

不知道是什么奇异的风
将一棵树吹到了那边
平原的尽头
临近深谷的悬崖上

它倾听远处森林的喧哗
和深谷中小溪的歌唱
它孤独地站在那里
显得寂寞而又倔强

它的弯曲的身体
留下了风的形状
它似乎即将倾跌进深谷里
却又像是要展翅飞翔

潘政祥上一本诗集是《春说桃花秋说月》，诗意触动人心，行诗奇思妙想，叙事和抒情之时，激情飞溅。潘政祥爱写短诗，鲜有超过30行的诗歌作品。其诗艺融合意象、通感、象征、荒诞等现代诗创作手法。

潘政祥的不少诗歌在诗艺上是有待夯实的，但在袒露真情与真实上则是成功的。他的许多行吟独白读起来，读者就仿佛漫步在潮汐起落的海边，伤感的句子如鞭子追随退潮的海水，滩涂和海岛在海水低落中渐渐辽阔而清晰。正如诗人在《唱衰自己》中写道：

这些年来
我一边歌唱生活
又一边渴望死亡
一边向往爱情
又一边嘲讽自己
一边诅咒痛苦
又一边塞给自己许多
刀子、尼古丁和诗

又如《我爱上你的那天》：

我爱上你的那天
日子和平常并没有两样
早晨的风像歌一样吹过屋顶
山坡上有些零星的花开着
天上有很多不是很白的云

我想今晚的月光
肯定既亮又暖
所有的花
都会如赶集般聚拢
这时只要我轻轻地说句
我爱你
仿佛天上的星星
都会提早落在我的身上

盛年就是准中年。有些诗人没有爱便没有诗歌，但亦不能轻易爱上；爱上了就要像礁石、岛屿和三坑口村的银杏树一样地老天荒。海是能包容也是能淹没诗人的；配得上海的是让海淹没一千次一万次的饱经沧桑的岛屿，还有淹没过后始终扎根的守望。

鄢子和
笔名老庙，资深人文采编
浙江省武义县作协主席

目 录

CONTENTS

如果梦碎了

一

如果梦碎了
幸好
我只是随口一说

二

快拣回影子吧
美丽的花呀
就要落了
我还不想
被深深埋葬

三

在火一样的花瓣
飘落在湖面的时候
我就已经失去了
一次绝佳的
澄清机会

四

玻璃上
落满了
焦躁不安的雨
我只是顺手扔了块抹布
因为
我并不是一个善良的人

五

至于我还没见到的
到现在都还没有开的花
那就让它别开了

一个下午的心情

整一个下午
我都坐在与树冠持平的
阳台上
风一定是以为我是叶子了
一遍又一遍地
搜查我的身体

风啊
我除了还有一点念想
已经一无所有
要么你就将我吹到
她的身旁
那里的鸟儿低低地飞翔
那里的海很安详
那里的风是那么的轻巧
还会塞给我
一把把蓝色的阳光

心情过境

重新回到喧嚣的地面
漫不经心的
是鱼和阳光

一朵云
把一只乌鸦的声音
洗得太白了
我无法再去说服
这个横亘在眼前的世界

现在
我以一个失败者的身份
去静默
头顶什么也没有
大白天下的
是丑陋与恐慌

就像我写过
但没人读过的诗
就像诗里的爱
被风呵斥后
带给某个夜晚的遗憾

雨和我有关

世间所有的雨
是不是
在学习
我曾经的
放荡不羁

我以为

坐在一片
漂泊的树叶上
我以为
自己就是一只
去寻爱的
小蚂蚁

草原之恋

夜空下
有个坐在石头上
看月亮的人
月亮越来越白
像坚守最后一点圣洁的女人
白得让人景仰让人放心
而看月亮的人越来越黑
黑得像一口枯井
也许我比他还要黑
以至于
我骑着马在他面前走过
他也没发现

在潮湿的日子里

又下雨了
尽管我早已经
与天空达成了和解
海的心情是灰的
空气是灰的
人潮湿的背影是灰的
但偶尔误闯进来的
鸟儿相拥着的啼鸣
是蓝色的

想象在正好容纳俩人的
被风撕开的一个口子里
我们什么也做不了
是不是会想到爱

做核磁共振的感想

如果我死了
只是一具冰冷的尸体
我什么都不会说
什么意见也没有

可问题是
我就像是一根火柴呀
人间还有许多事情
等我去做

现在，我的确像火柴
是幽暗盒子里
唯一活着的生命

大雨之夜

香烟湿了
爱情也湿了
所有的人
都在仰慕鸟巢
而如果此刻
有人能摸出石子
往天空一抛
你就会听见
扑通的声音

最美的时光

突然觉得
昨天的雨
是下给我一个人的

生动的早晨
花贴在路面上继续开着
情人们笑一下
它们也跟着笑一下
柳叶像是刚刚绿起来
这和我昨晚做的梦一样

我转过身
你刚穿好好看的裙子
太阳缝在
还温暖的被子上

我为太阳说句公道话

在灰色的细雨中
我让头发飞舞
攀上最后一列火车

如果是傍晚
有人为我笑一笑
或者哭一哭
或者问候一下
或者送我一程

那么，我就会在无人打扰的夜里
让诗再次
孕育

什么都需要理由，包括活着

明天我会把自己
打扮得漂漂亮亮
让人过目不忘
与令人流连忘返的东西
仍然不是我的
但天空是依照我设计的

我会在一块向阳的山坡上
停下来
目测一下自己的体积
然后给仇人打个电话
告诉他
我不恨了
再给你也打一个
告诉你
我还爱着
我的亲人太多
就不一一说想念了

因为，我在一片狼藉中
已经找到
活着的理由

把所有的光献给马匹

事实上，的确很美
红色的鱼和绿色的树叶
如在小巷游弋的雨伞
缓缓地打开

我带着雕花的木椅
夹着潦草的笔记
无论我是在傍晚的路边
还是清晨的沙滩
都会轻易地遇到
很多的朋友和亲人

我爱的人
就像春雨会不期而至
现在，我该做的
就是拔出刺
然后把所有的光
献给为我捎来
用月光缝制婚纱的马匹

这和年龄有关

一

我扛着一截铁轨
找到一首海子遗落的诗

二

蜻蜓得道
向月亮讨要麦田

三

放下所有的武器
比如水中的月亮
枕头下的刀
舌尖的诺言

远与近

单从声音上听
你是走远了
或者是我自己在走远

难以融合的暮色中
有晚霞在一层层脱落
像女孩在情人面前的情不自禁

我确定在汽笛响起的一瞬间
你我的呼吸是一致的
不过，有人走进你的眼睛
而我刚好相反

有没有这种地方

找个地方
打坐
找个地方
磨刀
找个地方
造塔
找个地方
炼翅膀
天上有两只大雁
一只
为我叼着月亮
一只
为我衔来
造墓的沙

我说不出是好是坏

我说不出是好是坏
树叶落下
月亮落下
唯有云的激动
在暗处汹涌

我说不出是好是坏
雨水落下
花朵落下
唯有风扯着我的衣裳
亮出不安的心脏

如果你遇上风
我希望你像早晨的太阳一样
总与我有关

如果有雪花

如果有雪花
我不想太阳脱下
灰色的棉袄

猎人的眼睛
装在枪管里
火柴湿了又干了
干了又湿了

载着新娘的马车
在我的面前
并没停下
一片雪花不知什么时候
落在车辙上

差点哭出声来

忍不住又写诗了

什么都睡着了
一切毫无生机
而天空
却还有流水的声音
星星如种子
默默地生长着
垂着双手的我
就像钉错了地方的铁钉
被凄凉地钉在人间

不可解的方程式，也许与爱有关

太阳是冷却的石头
月亮是爷爷用竹编的
被奶奶吻得绯红
星星是从唐宋的诗词里
偷偷溜到河里的
反复擦拭身子的文字

我有时用笔当笛
有时用笛当笔

以另一种方式活着

以另一种方式活着
被风和雨热爱过的墙
是唯一还值得信赖

所以，我会大声地说
用能穿透黑暗的声音说
没有月亮
我也能活
并且我会活得更好

我的人体艺术

我不是一开始就认识自己的
这是在认识太阳以后的事
我不是一开始就认识太阳的
这是在认识你以后的事

我是一匹来不及
逃离草原的马
被多情的风
倒卖到有山村有小巷的人间
在某个风高月黑的夜
我把刚晾干的月亮
碾碎在路上

我的诗

我的诗
被蜂蜇过
被风笑过
被水泡过
唯独
在你面前
如处子

世界多美好

我一直认为
爱情温暖
山河辽阔
青蛙的朗诵与木鱼声
天衣无缝
道场上
一尘不染

但也许你不可能相信
天空一部分是网
另一部分还是网

以至于
我只能揭下半片月亮
用来问候旧伤

一问

一百年后
累累的灌木丛中
鸟儿集体失声
溪水倒流
草儿不再卑微
人与兽和平相处

可我的百年
究竟是哪一年
你偷走的蒲团
是否已经还给了我
我又是否
还在蒲团上打坐

身前身后事

一

挤一点声音
沙哑的那部分
留在我死后用

二

爬上一座山
更高的那座山上
才有出口

三

如果鱼苟且活着
那刀与水
都多余

我愧疚的事

一想起来愧疚
我就想起风
那时候
我眼里含着沙
脚下的土地
话越来越少
而当我终于知道
风坐在崭新的门槛上
已经等了我九九八十一天
我的身体已经光滑如鱼
游向月亮背后的黑暗

突然发现
河里的水浅了很多
就像感情至于我
是多么的奢侈

秋日

路上
一片叶子
飘了一会儿
又停下打坐一会儿
我一直跟着它的身后
走一会儿
也停下来歇息一会儿
也许我与它
所受的伤并不一样
所以我与它
始终保持着
一些距离

可我对爱还虔诚着

我把子弹亮给鸟儿看
我却看见
跳起舞的鸟儿
藏在翅膀下的伤

可我对爱还虔诚着
这不
还有风帮我找到
卑微的脊梁

突然的感悟

一

如果仅仅是为了有
那我情愿没有

二

有一种感动
我什么都做不了

三

亲人啊！请注意
白天与黑夜里爱的含义

大话七夕

落寞给自己
歌声给月亮

被主人赶出圈的羊
伸出长长的脖子
把弱点给屠夫看

我挪挪在水中梦游的影子
狐狸跪倒
黑玫瑰奔跑在路上

谈完花事听风声

一

所有的乐器
都漏进了风声
我只屈服于你的安静

二

天空突然停止呼吸
饥饿的蝉告诉我
这是为了一个女人的事
其他人不必自责

三

我无意与雨争论不休
或者
我正好想找人
谈谈修缮粮仓的事

中年语录

一

墙上已经不生产阳光了
现在只生产杂念
而不就是一场雨吗
却让有机可趁的人
更加有机可趁

二

我在黄河面前
低下头来
一群高声唱歌的人
我却看不到
一张如纸巾般
皱巴巴的脸孔

际遇

一

是谁把蝴蝶缝在我衣服上
那是个告诉我
什么是春天的人

二

世界就这么丁点大
再走走
我们就相遇了

三

我提着灯为你驱赶黑暗
这
便是我的存在

四

还记得我吗
那个爬上你家临窗的桃树
假装偷桃子的男孩

有点像说给爱情听

一

麦子收完
我竟然一时忘了
麦子是怎样生长的

二

夜很黑
穿黑衣的人都没了踪迹
我正好可以听听自己的心跳

三

上天把手递给我
而我
却找不到自己的手

四

我是个懦弱的人
此时
我正看着花的刺

五

偷偷卸下刀柄
路边的草
都朝我微笑

把我当空杯子扔了吧

一

此时
我正在欣赏
自己在墙上的空虚

二

我在群星之上
对自己的心说
出来吧
别再躲闪
我带你去恋爱

三

白天开的花
是为昨晚的错
谢罪而开

四

当我发呆时
我是慈悲的
我是恋爱的

五

把夜交出来
我说
这一定也是
你想说的

六

把我当空杯子扔了吧
我已经很久
不盛月亮了
从今晚开始
只盛唇印

落叶有声

一

趁天色还早
把该开的花
都开了吧

二

今晚的马厩
不关马
只关寂寞

三

才刚刚秋天
说爱
还太早

我在秋夜里摆弄自己

夜遇上墙后
就不再深入了
面壁而泣的声音
如眼泪落在天空

我是见不得眼泪的人
背对着墙
风的吻
比情人的吻更潮湿

而月亮悄悄地走近我
轻轻地拍拍我的肩
又悄悄地走了

时代

诗人已不写诗
烟火在墓前
比笔还直
纸撕碎
满天飞

如果不曾爱

我本来可以忍受孤独
如果不曾爱
可爱已经搭上
远去的火车
去迎接一个接一个的黑暗

现在，我摊开双掌
任由仅有的阳光
去流浪

今生与来世

今生
古村，古树，古井
老人与漆黑的子夜

来世
托生为马
在你的马厩
嚼你喂的月亮

我必须忽略这个秋天

一

美丽的
必将是千疮百孔的

二

打盹的影子
是秋天的全部

三

笑的时候，一定要让人知道
你有美丽而尖锐的牙齿

四

我真的不敢看月亮了
哪怕就一眼

五

很好笑吗？面对落寞的背影
明天，或许就有人
在你的身后笑得更开心

秋天是梦中的一部分

每片落叶
都将
托生成
翅膀

我听见
风中
有婴儿
哭泣的
声音

秋天的小花絮

一

这摇摇欲坠的树叶
多么像是我
生命的最初始

二

小虫睡在花朵里
便是花
而不是虫

三

这世上爱情是多余的
而我对你来说
可有可无

沉默的山啊

一

流星划过的天空
除了美丽
还有什么呢

二

怎么就忘了哩
黑色的岩礁
已把花送给了海水

三

沉默的山啊
不早了
回家去吧

退潮时，什么都是虚设

在断崖处
飞翔只能是一种隐喻
我们曾是那么地热爱着
太阳落荒而去
而恰恰是某个暂时
群山退避
你我原谅了相见时的无语

那么请再次原谅
我现在只能愧疚地举起
潮汐退了的大海
去敬你

夜里看不到秋天的样子

把天空安置在梯子
够不到的地方
把椅子搬出来
把粮食搬出来
月亮亮晶晶
星星是碎了的另一个月亮
我向更深的地方望去
可我不得不隐瞒
这是一个秋天的事实

深夜一点

我轻轻地
把自己
从窗缝塞出去

至于我
是幸福着还是痛苦着
没有人能懂得

如果你要

如果你要
就都拿走吧
天上的云朵、月亮和星星
地上的花朵、房屋和爱情
让我爱上空洞
也爱上空洞的自己
我有太阳一样的品质
那么就让我一个人面对
孤独、黑暗和疾病

多出的一行

一

世上许多人与我无关
譬如你

二

追赶灯火
你便有了风的卑微

三

我的爱情
仅溶于月亮

四

想你一次
雪便厚了一寸

五

一粒纽扣
足够锁住一个夜

六

诗里多出的一行
是你的名字

我在等什么

我一身白色
坐在夜里
像夏天突兀的雪花
安静而热烈
等待着
一只会误以为
我是星星的鸟儿
把我叼住
飞向月亮

权当醉后之言

一

胡同旮旯
打碎的酒瓶
我还能拼凑出一个夜
与一个醉醺醺的
嘴唇

二

一只鸟儿
从林间飞起
瞬间
我觉得
与天空近了一点点

三

在梦里
乌鸦把黑全给了我

我一边在河边清洗

一边想起

在梦外的一件

未完成的事

阳光多余

一

阳光下
人间所有的
阴谋
也是那么
光明磊落
那么多姿多彩

二

梦搁浅后
我一手拎着月亮
一手拎着
湿漉漉的鞋子
影子孤单单的
被海水
淹没

孤独，这是我的屈辱

我害怕遇见白色的墙壁
我害怕遇见一片
被贬入山中盛开的桃花
我害怕听见半夜里
从窗口飘出来的女人哀怨的歌声
我更害怕遇见
我那平躺着身体
没等我数完满天的星斗
就已湿漉漉的早晨

这个含蓄的秋天
所有的鸟儿
都剃光羽毛，赤着脚
在林间自由行走
我并不想过早告诉自己
这个秋天，除了一枚水做的箭镞
我注定要颗粒不收
但我依然没有
不给自己开心的权利

我是如此地爱你

一

我讨厌流水

二

留下太阳
只为照亮你的酒杯

三

我禁不住再次呼吸
我禁不住自甘孤寂
我禁不住想代替月亮消灭你

我终究是躲不过去的

一遇见秋风
我便后悔了
太阳如落尽花瓣的残花
仅仅剩下一个核
归来与离去的脚印
尽管努力
终究是无法自圆其说

唯有这个早晨
我在镜子里找到位置坐下
看着在河里练习倒立的群山里
有许多鱼儿如鸟儿飞翔
才让我心头一热

我在担心自己是不是成了赝品

因为镜子已蒙尘多年
我开始怀疑起自己的真实
所以我不得不
在河边
一遍遍地清洗
自己多年未见的脸

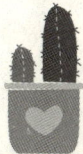

一个暴风雨来临前的午后

一天空的絮
都泡在水里
而所有的舞蹈者
都带来风

这样一个午后的路边
阳光只是两个随意挪动的字
那描过眉涂过口红
穿一身秋色的女孩
真好看
可就是不知道
她是不是为了爱情
而妆饰

就当是一种享受

我低一下头
让风穿过发丛
回到身后的树林
雨水
不打招呼
就强行进入我的颈项

可我的诗里
风儿轻轻
阳光灿烂
雨和冷
是想象出来的

如果着凉了

一

如果着凉了
请服下
对症的药片

二

在夜最茂盛的时候
我伸出双手
太阳啊
我已有些迫不及待

三

如果你愿意
请告诉我你的不爱
我将原谅你的幸福
而且爱上你的不爱

四

有一次
我把歌的调起高了
后来我拼到最后
也喊不出那个爱字

五

太阳对我微笑
我对你微笑
你对花微笑
花把头扭向别处

六

在爱里
体验生
在爱里
也体验死

重生

一

在离岸很远的小岛
我将与一颗未名的星子
一起出生

二

别再拷问我了
我只不过是
想好好开一次的小花

三

是谁给你的权利
对于你的吻
我无以为报

心声

我为什么热爱秋天
是因为
她既不拒绝
也不吝啬一切美
哪怕是死亡之美

三部曲

生活
是钢琴家手腕上的
镣铐

生命
是跳跃的
如爱之心如微弱的烛光

爱情
我们在语言之外
恋爱

唱衰自己

我已记不清
什么时候对自己实施冷暴力的
这些年来
我一边歌唱生活
又一边渴望死亡
一边向往爱情
又一边嘲讽自己
一边诅咒痛苦
又一边塞给自己许多
刀子、尼古丁和诗

特别是最近的某个夜里
在埋着许多先人的山坡
我一边慌不择路逃离
又一边大声呵斥
胆怯的自己
那时
路上到处是恋爱的人
天上只有几颗
冷了心的星子

秋吃

一

你别奢望
叫醒
一个装睡的人

二

山坡上的羊群
总希望
落日能突然发觉
自己把回家的钥匙
丢在路上

三

衣衫褴褛的秋天啊
我该用什么样的歌
哄一哄即将圆满的月亮

秋呓（二）

一

写诗的人
是在孤独中写更孤独的诗
然后
用尖锐的语气
谴责孤独

二

我手握一朵
昨晚没人收留的玫瑰
低下头
假装不认识秋天

秋呓（三）

一

放一把梯子在口袋
让上山或者下山
变得更简单些

二

梅花的足迹
是我在秋天
从羊唇里救下的阳光

秋呓（四）

一

我已经准备好了
所有的颂辞与悼词
蚂蚁挤上远去的叶子

二

想象天上没有天堂
地下都是星星的碎片
我的头顶肯定有阳光飞翔

三

在岩壁上随芦花起浮
一朵纠结开与不开的花里
我以为自己一直还活着

秋吃（五）

一

其实，在春天
第一片叶子绿的时候
我的心里
早已是落叶缤纷

二

今晚没有星星
是个意外
就像明晚有星星一样
也是个意外
我是过于自信了
满以为黑夜
对自己最为了解

秋呓（六）

一

当我手里的香烟
在你看来
只是一把火
那么有些爱情
便不再需要原因

二

以为醒来
就会碰到阳光
现在，我却摸到
一片片飘落的
月亮

三

人间四平八稳
什么都是刚刚好
如果没有
八月的月亮

秋呓（七）

一

褪色的阳光下
没有人会骄傲
甚至没有一只蚂蚁
愿意穿过
一片林子的空旷
而其实
幸福就是一个人
对着一个月亮
那这个秋天
就会越来越简单

二

大海啊
我已奄奄一息
因为我已身染秋色
你一定要等着我
直到我
浑身再次蔚蓝

三

既然可以确定
所有的爱
都只是阳奉阴违
那就请支起一把伞
等雨
或者来一场缠绵的秋雨
把爱当伞

秋呓（八）

有时
你看着我
有时
我看着你
有时
我俩又相互凝视
在我俩不近不远间
有一朵荷花未败
浅浅地微笑
有时
像在笑你
有时
像在笑我
有时
像在笑我俩

关于孤独被简单后

关于简单
就像一块琢满文字的石碑
名字隐藏在杂草中

太阳是故人的眼睛罢了
也许是亲人的
也许是情人的
但绝对不会是仇人的

还仿佛是一个清白的人
被吹进雪地的中央
仿佛是我
在孤独中，忘了孤独

月上眉梢

月亮被贬下人间
照亮了
爱上你的我
小白兔在失去防备前
一定是把月亮
当成了雪球

我有水一样的品质
在沙漠深处
照耀着
你被爱的眉心
也照耀着
大海的归途

我错就错在

阳光如泡沫
我误把一个
昨晚喝了八两二锅头
吐了一夜星星
刚刚扶着梯子醒来的月亮
当成了爱情

对不起，我也该忽略你了

到海边
看日出
你一定要让双脚
插入海的体内

在海边
拣一个贝壳
就像海水涌上来
拣起我

我拿着石子
逐浪
海拿着月亮
追我

我的手语
告诉你
对不起
我也该忽略你

或开或落也是心情

气温开始下降
鸟儿改变了飞翔的方向
情人的心
开始颤抖
所有的微笑
如粮仓一样繁忙
我尊重所有花的意愿
或开或落
也不过是
一瓣两瓣三瓣
而我的内心服从于某种谅解
谅解今晚违心的交谈
谅解今晚没有赴约的月亮

秋天是对我的报复吗

是爱得太深刻吗
还是恨得太过浅薄
沉默为何如浮出水面
跳舞的星星
热情而闪亮
摇曳的长裙
刚擦亮天空
又来擦拭墓碑上的月亮

而我的眼睛一定比落叶
更加抽象更加空洞吗

秋天这么美
我却因为爱错了某个人
而无颜面对

漂亮女人也可以粗鲁

文字对旁观者来说
并不那么性感
我不需要知道
蚊子怎么写
某个象声词怎么写
侵字怎么写
血字怎么写
死亡怎么写
还有胜利怎么写

但我知道自己
痛恨侵袭与骚扰

这个中秋无诗

从三千里之外折返
西风瘦马
已载不动今天的我
拣几片新的落叶
折一只小船
也许下一秒
你我就会
相遇在银河

一早，有人说你写个诗吧！我说嗯

今晚
我除了看月亮
什么都不看

今晚
我除了爱月亮
什么也不爱

今晚
我是纯粹的我
月亮是纯粹的月亮

花语，人间是否真爱我

我一点点信了
又一点点不信了
人世间
水分充盈
阳光弥漫
而关于月亮的故事
已经说得太多
还有许多梦里说的话
尚待考证

我爱上你的那天

我爱上你的那天
平常日子并没有两样
早晨的风像歌一样吹过屋顶
山坡上有些零星的花开着
天上有很多不是很白的云

我想今晚的月光
肯定既亮又暖
所有的花
都会如赶集般聚拢
这时只要我轻轻地说句
我爱你
仿佛天上的星星
都会提早落在我的身上

我爱人间的理由

坐在石头上的人
成佛了
坐在草尖上的人
都长了翅膀
我是那么热爱
人间
坐在水波上
希望与你分享
月亮与太阳

在秋天

在秋天，所有的稻子
都很礼貌
相互打躬作揖

在秋天，我偏爱水
在没水的地方
我便像风一样跑起来

在秋天，月亮高挂
大地空旷，刀子闲置
寻爱的脚步声在猫的梦里

秋殇

星空一望无际
许多影子跌倒后
重新爱上苦难
落日前的辉煌
洗净渐凉的门窗
一生的感动
被蓝色的眼睛望穿
而安静的经卷里
是谁的眼
哭得如此灿烂

我会把你当作恩人

举着水
让它找到故乡的
一定是大海的恩人

但我不知道
把我的骨灰撒向雪地
故乡会不会感激我

所以我一辈子就只写
在雪地踉踉跄跄的一个字
清清白白的爱

有时，雨和你是相通的

雨下了一半
我才想起夹在腋下的伞
路边有个刚好
能够让我挤进去的草屋
可我既没有打开伞
也没有挤进草屋
因为我觉得
全世界的雨
都是落给我一个人的

风一吹，我就消失

阳光生性活泼
而影子多疑
有些风活在心情之外
云与云在偷情
水被排挤在诗人的眼角

如果此时
能捉住一粒种子
那么你肯定不会花许多的时间
用辩证的思维
去赞美热爱人间的尘埃

羁绊

纯粹得像梦的半路
天空像爱之前一样干脆
月亮在铁轨上行驶
穿过已没格桑花的草原
触目皆是深刻的晚风
可鞭子呀
你别再落下了
我心里再也没有
多余的会屈服的星星

怎么就凌晨两点了

路灯昏黄
但至少还能照亮
一些零星的蝉鸣
更远处
昏黄的路灯更昏黄了
仿佛低头沉思的我
正在悼念
刚刚过去的日子

枝头上最后一片叶子
紧紧地抓住树枝
有些风
吹着吹着就不吹了
有些风
却不露声色
一步步逼近

你如剑一般插进我的身体

我可以大声喊痛吗
像一场失意而孤寂的雨
边奔跑边呐喊
也像一只自戕未果的乌鸦
把空气撕裂后
斜着插入黑夜
但我拥有广大的空虚之心
甚至允许把光借给黑暗
允许马蹄在血管里
横冲直撞
一个怀有爱的身体
仿佛被大火蹂躏后的野草
以嗜血的剑的姿态
完成一次疯狂
和一次凄凉

这个没完没了的秋

土地贫瘠
秋色富有
桂花开的时候
院里院外
正逢黑暗广阔
我伤口上的蛛网
正肝肠寸断
我想过了今晚
我将戴上爱情的王冠
这个没完没了的秋
到处都会熠熠发光

我的卑微

一

在交出信仰之前
我尝试着
走近你

二

举起自己瘦小的身躯
砸向比我更瘦小的
自己

三

低下身子
让你刚好拿走
我头顶的光辉

偶得

一

当一朵花凋零
就没有人
再会想起它的美丽

二

爱上你
我就开始
折磨自己

三

月亮，是天空
留给人间的
一大缺憾

一个诗人的反抗是无效的

一提到夜
我抬起的那不满世俗的右脚
就不知所措了
而刚续上的香烟告诉我
一个诗人的反抗是无效的
因此，我颓废了
把旧的烟头
踩得满天星光

我是个懂得感恩的人

深深浅浅的脚印
需要落叶掩盖
一只小兽的去向
与我无过多的关系
所以对这个看似轻描淡写的秋天
除了感激
没有其他

有时候我像风筝

一

有时候我像风筝
有时候却像放风筝的人

二

枫叶到了恋爱的年龄
我像野花一样消失在你的视野里

三

知错就改，但遇上错误的爱情
墨已干

四

拐角处猫和老鼠的爱情
并没有想象得那么不堪

或者没有问题

一

这需要速度的夜
是谁牵走了我的月亮和马

二

坐在云朵上
向人间抛下诱饵

三

只有深秋的咳嗽
才能惊醒水中的石头

缺点什么了

从口袋里掏出夜
掏出空虚罪恶和铁
最后是火
我们必须相互信任
当四季归零
我会重新划出一块雪地
让老鸦歇在梅花上
划拳助兴
有些脚印在悄悄地靠近

有时，总觉得月亮是两个
只不过我们看见的
是重叠在一起
像爱情一样的影

今天的太阳特别早

在大山面前
我学习仰起头
在大水面前
我学习卑微
我的幸福
不在于说着说着就爱了
而在于走着走着
把自己走没了

今天的太阳特别早
需要破肤的声音
陈旧而简陋

悲情，也就如此

太阳有血
月亮有泪
我本来有爱情
后来没有了

我一无是处的爱情

天黑下来
不久又会重新亮的
幸好万物都有自愈的功能
我是从很远的地方赶来的
有鞋底的沙子作证
而你并不是粮食
只是用麦子作了名字
在太阳与月亮的交映下
我的爱一无是处
但我仍然一无是处地爱着
一些本该如秋风一样奔放的日子
瞒着温情的秋水
必定会死于一场
傍晚的婚礼

我把自己写没了

开始我写
飞机终于落地
我仿佛刚出生的婴儿
湿漉漉的
太阳看了我一眼
放心地离去

后来我写
痛快淋漓的爱
赤裸裸地写
往幸福里写
往死里写

写着写着
人群中就多了只鞋子
写着写着
就发现人群中
有一个只穿一只鞋子的人

可不可以走走停停

我的单薄
如没有爱情滋润的湖面
空山寂寥
万物的生死交替出现
秋风一点点渗进我的身体
而菊花已经泛黄
一生中我所爱的人啊
怎么就忍心
让我有那么多
来不及忧伤的忧伤

面对一个不喜欢我的人

至于我喜欢不喜欢
其结果
都一样

这和爱情有关吗

最后那块菜地
就像最后一块抹布
久久没人用了
长出些青苔来

天空还是如此
一片片蓝着
一片片白着
遇见不开心的事
一片片灰着

我的路过
无意去改变什么
只是有的声音
会骤然停止
也有的会骤然响起
再就是还会惊飞几只鸟儿
仿佛是帮我
将所有的痛一点点搬离

我与这个秋天没约会

风太紧
脚步迟缓
衣太薄
晚归的孩子
一脸通红
葡萄酒太满了
在空中一晃
大地便醉了

明天，我跟你一起飞

两个声音响起
我真的措手不及
一个在白天
一个在黑夜
空巢灌满了风
也灌满哭泣
一切都将沉沦
在白天与黑夜的拐角
在笑与泪的临界点

而我的幸福太完美
我的痛太纯粹
只有等天黑了
又亮起来
我下定决心跟你一起飞

向逝去的爱致敬

其实，阳光不需太好
草原不需太辽阔
爱情更加可有可无
我们的心里
要么生锈
要么长草
我们需要的
是两把不同形状的刀
还有鱼一样的呼吸
可天空依旧湛蓝
湖面除了几片打旋的叶子
依旧是初恋前的样子
我们可以一边暗自颤栗
一边相互赞美

署名

在写一篇文章的署名时
怎么也想不起来
该怎么写
还好这个时候
突然想起
自己的名字
曾在字典里出现过

这个秋天

这个秋天
所有的光芒
需要重新打磨
所有的声音
需要重新进山修炼

这个秋天
依旧臣是臣王是王
风催得急呀
该回的人该落的叶
都行色匆忙

这个秋天
堆积了许多的粮食与情话
秋水依旧无语雁过无痕

这个秋天
是否该请出
从没来过我诗里的人
让她与我的亲人们一一见面
然后把该做的事做完

这个秋天（二）

这个秋天
不管被雨淋过
还是被人爱过
都已经是尘埃落定
所有的石头与火
都是我的亲人
浸过湖水的月光
多像被萤火虫照亮过的
多余的热情
没有留白的描写
戳痛了情人的眼睛
然而辽阔归辽阔
虚掩的门里
那首缩着脖子的诗
终将会像铃铛
却不会有美妙的声音

这个秋天（三）

这个秋天
雨下得很认真
晴也晴得很认真
所有的人
认真地看着檐口的雨
认真地看着太阳
被鞭子赶得越来越远

这个秋天
不愁吃不愁穿
不愁看不见彩虹
每一个人
都认真地爱着
也认真地活着

这个秋天（四）

这个秋天
我每天都很幸福
可我的幸福
仍然与爱或者被爱无关
满嘴胡言的午后
阳光坐在水面上打盹
我和热情
总能保持很儒雅的距离
即使在某个实在绕不开的堤岸
我也会学习
像水花一样开放

这个秋天
我每时每刻都很幸福
天空有新修的马路
可供亲人们散步
还有一片新开辟的草原
可供爱情放牧星星

这个秋天

我每分每秒都很幸福

因为从空中落下的每片叶子

我都认为是你

送给我的太阳

我被时间吃了

左边是海
右边还是海
大海如网似幕
行走在海面上的阳光
是有破绽的
海鸟叼着阳光在飞
我根本来不及修改
昨晚梦的内容
我只是觉得
明明是自己把时间
养得白白胖胖
反倒被时间吃了
我的手拽着绳子的一头
另一头却什么也没有
好像原来是气球
也可能是爱情

怪事

上山时
梅花开了
下山时
雪落了下来
赏花的人
走在下山的路上
赏雪的人
走在上山的路上
我是赏月的人
把路让给了别人

透过乌云看太阳

彼岸啊
海鸟啊
我已经到了海中央
这里狂风大作
而你那里
窗口是否有月亮趴着
像猫的目光

这个秋天，我想告诉你的

任何一个被阳光
吵醒的早晨
都是幸福的
偶尔的雨
像情人纤纤手指
落在每个音符上
也恰到好处
还在游荡的昨晚
退回原点的潮水
说了一半的话
相识与不相识的笑容
如叠加在一起的山与水
那么刀子何必太锋利
水里有鸟儿在飞
天空有鱼儿在游
我还活着爱着
这便是我十分乐意
一边数着树上仅剩的叶子
一边告诉你的

一千零一夜

在风进不来的地方
我们谈了一夜
最后你说
你醒啦
我说嗯
风一下子闯进来
把我俩围得
严严实实

仅代表个人观点

秋天是一件需要重新缝补的袈裟

历史

感觉就是
阳台上的花
开开落落

我有和天空一样的气质

大风小风北风南风
春天的风和秋天的风
我只有一袭黑色的长衫
可供舞蹈

故乡正在沦陷

循着乳名
我找到妈妈的
坟

用真情换风景

那壶热情的茶
是你喜欢的
那方坐着一片迷茫落叶的石凳
是为你而留的
巷口到巷尾的路
已被风吹得干干净净

我的忧伤是那湖不语的水啊
你只是用明亮的眼睛看了一眼
说了句风景真美
便走了

等你，我胸怀秋水

胸怀盈盈秋水
可我依然渴望海
裹足不前的回忆里
桂花香在走街串巷寻找安慰
落叶横亘的路上
肯定遇见是前生转身是后世
而对于在黄昏破土而出的爱情
不得不感谢
十月这一场场不大不小的雨
那时我还小得像挂在草尖
深睡的雨滴
唯恐月亮的嘤泣惊醒自己

快冬天了，我该用什么去爱你

我见过的每条溪流
都是用云朵做封面的
都是欢快的富有的单纯的
夕阳来的时候
我也会来
可是，都快冬天了
我还不知道该用什么去爱你
今天的雨下得恰到好处
我看见的每一滴雨
就是一张笑脸
风也会吹来
它总是那么善良地
为你留下一些简单而感动的温暖

有时候，我也很悲壮

这个秋天
投递出去的信物
因禁不住冷
而仓惶逃窜

这个秋天
我的眼迷离了许多
本来熟悉的花
总是无视我而开放
可我还是像一堵墙
挡在峡谷
一边是你
一边是悲凉

我真正的快乐

走完秋天
我想要的几乎全部已经隐藏
田野为何会梦断粮仓
阳光什么时候开始目中无光
只有奢侈过的人
才会在某个毫不起眼的窗口
对着模糊的玻璃
用月光熨烫着
皱巴巴的衣裳

而我从镜子里逃出来
像一朵不愿被人知道踪迹的梅花
因为我知道自己真正的快乐
就是偶尔会把月亮当成太阳

秋之语

所有的罪恶都是镰刀给的
整个秋天像被降服的万里江山
我只是一个迷恋人间的人
喜欢在黑夜里看灯光
或者看灯光下
渐渐织成的蜘蛛网
而在一个用黄土夯实的晒谷场上
一群手握镰刀的男人
在分享彼此的黄色段子后
便开始瓜分月亮

是到了该练习死亡的时候了

蝶飞花舞
鸟鸣从云层里传来
大地越来越枯萎
是到了该练习死亡的时候了
水的骨折声此起彼落
我绕过一台好戏
绕过一对永恒的情侣
绕过小时候
曾经对月亮垂涎过的小院子
我甚至一点都不会担心
在木窗漏出的几滴黑暗里
突然把不朽想起

雪的心事

就是能写一首最好的诗
北风如帚
把人间扫得一干二净
然后
什么都开始
重新命名

致失去的记忆

拿走就拿走吧
还给我就不再借了
河岸有什么用
站台有什么用
空气被拧干
时间被粉碎
阳光被拐走
星星掉落后如干柴
烧毁天空
我做不到登高再去看你
这一地恣肆泛滥的黄花啊
这因为心过于易碎
而被贬入人间的白啊

至于我的一生

像一片慢慢恢复洁白的云
慢慢升起
回到太阳的身边

至于我的一生
多少信物被烧毁了
只有在夜里
才有许多石头
如被燃放的烟火
向我飞来

秋天不会说谎的

过了今晚
一场残损都会被缝补
如手掌
如新筑篱笆的田野
如缀几朵梅花的天空
而小巷里的一眼枯井
是不必去在意的
放些菊花就好

这个秋天不会说谎
一说谎脸就通红
秋风对人间的傲慢与偏见
还不至于令我动容

在这里

在这里
我仿佛一个
生僻的文字
竟然在这拥有
九千九百九十九卷的书里
也找不到用过的痕迹

在这里
一片落叶就是一顶王冠
每块砖都曾经是王
而我只有躲在阳光忽略的角落
拣起一堆落叶
就当细数着回家的路费

有时，我就是个稻草人

雨滴离我发尖还有一寸
就不再落了
月亮是把不露声色的刀啊
藏在雨里像个巨大的阴谋
我所拣起的阳光里
有黑色的孤独
那一片如冰凉身体的土地
被鞭子抽得伤痕累累
我有散兵游勇般坚韧的性格
小心地把温暖扶上马
然后，等待该休整的麻雀
在我的头顶轻易地修筑
度冬的巢穴

我们欠自己什么呢

有时候
需要一些孤独
就像一件只剩下白色的裙子
需要一朵梅花
贫穷的天空也是

我甚至喜欢被野兽围着
但只能保持一定的距离
而且，必须在天亮之前
散去

风居无定所
就像我们一塌糊涂的债务
可我们究竟还欠自己什么呢
也许就欠一次死亡
或者是一次真正的活

别样的孤单

都说抽烟的人
先有孤单
可今天不一样
天上一个大大的太阳
周边有一群不带面具的人
像草一样悠闲
也像草一样真实
我吸着烟
面对空空的水塘
想起空空的村庄

两个月亮的用处

现在是黄昏
我悄悄离开人群
尝试着与乌鸦说说心里话
河里的石头
如健康的孩子一样长生
我顾不上没了半身的黑色
从云里捞出两个
刚哭过的月亮
将一个用来堵爱情的缺口
将另一个挂在篱笆上
权当是你回家时
开门的钥匙

我该拿什么感谢自己

这么安静
我不知道夜是睡着了
还是躲在什么角落
不过我开始原谅了火把与闪电
我只留下刀的锋芒

如果此时
能让我感动
或者能让我说声谢谢的
那一定是在黎明来临之际
已经骑在一匹瘦马上的自己
还有打了许多补丁的
心思

下雨的日子

离岸船的心情
我不知道
有几只海鸟
飞离桅杆
又有几只停在上面
星星在我左口袋
叮当作响
月亮在我的右口袋
开始想念草原
我突然想起
该不该趁水还没有漫过喉咙
去问候一下你
和你头顶的太阳

秩序

先有山坡
再有草
后来种上桃树
引来蜂和蝶
惹了星星和月亮
最后有我们

渴望与失落

我无法形容
花开时与花落后的心情
而我却能理解
向阳坡上
有一颗种子在滚动
为什么所有的羊
都会很善良地
望着它

不该担心的

总担心云会被雨淋湿
总担心鸟鸣会砸痛
夜里不睡觉的人
总担心秋天的心情
会影响才发芽的爱情
总担心
总是担心太阳睡着了
再也喊不醒

有一种幸福叫放下

阳光可以对我视而不见
几片缤纷的落叶
几只蚂蚁
一个无人等候的码头
一些迷茫的风
我只想买一张车票
让自己慢慢回到
出发的地方
或者租一条小船
再借我一把桨

寻爱的路上

下雪的时候
我正敞开心扉
摇着蒲扇
可太阳月亮星星
依然是我可爱的孩子
我们只是路过
一个没有为粮食作揖的冬天

别打开窗

别打开窗
风正在密谋正在说谎
正在浪费文字里不多的善良
它让一些草死去
也让另一些草
悄悄地生长

寻人启事

我把自己
最满意的照片
贴在干净的天空
然后
把寻人启事
贴在大街小巷
的各色广告之上

有意思的早晨

早晨
我遇见
一条复活的
鱼

同一个早晨
鱼遇见
一个赴死的
我

你有酒吗？我有诗

是你有诗我有酒吗
你确定

可酒分明在你的指尖
我有一个适合买醉的夜晚
一个想要买醉的人

雨早已乘船驶离
所有的石头都在路边等待

我只是希望
这个夜的宽容
不会惩罚两个人的无奈

我爱你，这没有问题

海水淹没了我的上半身
爱只是器官的一小部分

我的方向不一定对
风的话也不一定会错
而我们都在用同样的方式爱着
努力地爱着
用尽力气地爱着

今天我是被阳光写错了的
或者读错了的
但我爱你
这并没有问题

我的诗越写越瘦了

一

我为家乡所做的
就是在家乡吃不饱的时候
离开了她

二

我不能说我一无是处
毕竟
我曾爱过你

三

过了今天的另一天
我还把它叫作
今天

四

没有雪景的窗
是滑稽而多余的
没有看到你的眼睛
是可悲而多余的

五

屠宰场里
一只羊在用生命
安慰刀子
一滴眼泪是刀子的

到土地的背后去

可以胆小些、卑微些
要敬畏草原的法则
爱得要像花开

让安静与信任当作习惯
让蚂蚁背来风
种子带来欢愉
像天空漏下的星星
在闪亮的土地上游走
像女孩还不知道
自己是女人前
那样值得拥有和依托

五月，我收割了什么

我割了麦子
又割了太阳

至于那腼腆的月亮
我就把它按在
高高的麦垛上

我想你了

那么，我能不能就着月光
给你写一封长长的信
贴上一张漂亮的邮票

那么，那列本就要两天一夜
才能到家的火车
能不能再晚点六百秒

那么，我是不是
可以送你一匹已啃不动月亮的老马
放在那条星星喜欢逗留的古道边

有诗的日子

总喜欢背着轻微的伤
在五月的雨水里生长
风帮我卷起怕湿的裤管
不经意就露出那块紫色的疤痕
在一天只剩下黑夜的时候
我更应该歌颂
把房子造在树上的鸟儿
像秋天的果实
在等待诀别的欢畅
而我像只侥幸逃脱的小兽
把自己从门里搬到门外
仿佛搬着一坨黑色的疼痛

有诗的日子（二）

风不一定是真的
那毫无表情的树叶也是
晴天白日下
这和爱与不爱都没有关系
但我很奢侈地相信自己
并不是黑夜里唯一的白
只是我不能代表乌鸦的思想
所有的声音都是流星
所有的刀都会伪装成无病的夜草

趁着庙宇的门还没彻底关闭
我必须收好影子
因为我怕月亮会把自己当麦子
割得一点都不剩

在爱情面前

一

天地偷情后
河水越涨越高
幸好，那晚我不在
我在母亲的坟前
泪流满面

二

我绝不对天发呆
在爱情面前
我最恨自己的记忆

三

原来爱很简单
简单到可以是某个夜
也可以是诗里的某个符号

这诗是我的

和一个人聊久了
不管认识或者不认识
感觉她的什么都是我的了
包括她说过胸口
小时候被火烫的那个疤
一听到别人说她的名字
也不管别人说的是不是另一个同名人
我都会很生气
因为也包括她的名字

从黄昏到夜里

一

我的伤口倚着栅栏
与夕阳相互问候

二

我看见的鱼都是假的
鱼看见的我也未必是真的

三

夜里，我最讨厌
找我聊天的蚊子

这样值得拥有的

在你必经的河边
我在清洗已经积累了
半生的罪恶
后来，你真的来了
其实我看见停在你裙摆上的
是萤火虫
但我是一定要把它当作星星

现在，什么都躺下了
只有马还站着
像骄傲的月亮
像美丽的你

我的自画像

落日与朝阳一样多
一场大火刚熄灭
水漫过我的影子
我拒绝轰轰烈烈的雨季
在只有猫做伴的晚上
我沐浴焚香
因为我实在希望自己
重生于一场火的柔情

我是向春天请了假的

我在善意面前
伏下身体
天空如锦绣
托起我的枯瘦

我与蝴蝶
从没说过一句告别的话
至于那告白
因为太白
没有留下任何痕迹

而对于桃花的幻灭
我一点责任也没有
因为，我是向春天
请过假的

我只是歌里的副歌部分

在一首离题千里的诗里
天地媾和
小河里有喜庆的灯
在闪烁

我穿着夜行衣
穿过一个乌鸦居住的村落
这里到处都是
爱过的痕迹

当歌声响起
周围都是风
风里都是火

我悲悯而简单的眼啊
为什么偏偏看不见好看的花朵
而只是看见
有人突然就一闪而过

雨一直下到傍晚

被雨唠叨了一天后
在傍晚时分
河终于忍无可忍

而我帮天空
拭去最后的一滴血

我有时也很唯物

毕竟，光拉上窗帘
让花儿含羞的夜
还不是真正的夜
毕竟，半路上的马
拉来的只是饥渴
而不是整个沙漠

那么，请允许我不再低头
沉湎于一场新死的虚惊
其实这不过是
从一个不大的湖里
被金黄色的风修改过的天空

但阳光温柔如鞭
抽打着我的脚印
让我还在人间的那些部分
很痛很痛

日子里的小河

如果所有的风
都只是一次无意的路过
那我应该学习烟火
去祭奠些什么

云的心思我懂
而阳光灼灼
有人为什么
还要落寞

被水滋润过的日子
幸福已经无从说起
即使是有整个夏天的热情
我也不想说
我真的不想说

诗行里依然灯火闪烁
可我为什么就如一条鱼
经得起诱惑
却又回不去我的小河

所有墙上的影子
已不再做作
是说不清道不明的藤萝
如捆扎我目光的绳索

那我就等秋后
用针尖挑出太阳里的刺
再让月亮帮助我
解开枷锁

这个午后是如此的明亮
我用一杯咖啡的一生
在指尖跳了会儿舞
可是如果时间已用得一点都不剩
我往后的雨中漫步
是不是就不能自圆其说

美丽两个字的由来

因为世上有太多的残缺与遗憾

如果一切都是真的

如果眼前的一切
都是真的
那么这假的
一定是我了
箭与翅膀
都是我藏匿的
这我不得不承认
可花儿开了又谢了呀
我也是去了又来的
这也不假吧

也许今夜会失眠
但我也会为你
把月亮摘下

当我说到爱时

当我说到爱时
天色渐晚
你把手指放在唇边
你的唇鲜红啊
你说，你说爱时
真像那么回事
我顺着你的目光的方向
看见一个低下头来
羞羞的夕阳

可我还是懂得的
尽管天空很软
却也和夕阳无关

双人床

你不想睡，我也不想睡
蚊子也不想睡
月亮比我的思想还白呀
想睡的，只是一张双人床
一床印有百子图的被子
一对一东一西的枕头

原谅我，好吗

原谅我，好吗
在天空和蜻蜓下面
在花与赏花人面前
我不是有意说出你的名字的

请原谅我的无意，好吗
可你不该把那歌里的孤独
递给我后，转身离去

如果真觉得累了

那就扶着夜
吹一下口哨
把路边的那冰凉的双人椅
爱了吧

我的世界是否都被虚拟了

我的眼镜是虚拟的
我的世界也是虚拟的
我要说的是
如果一只鸟儿
把我的眼镜叼给天空
会不会看到真实而善良的我
以及虚拟我的确被爱过

今夜注定有缘

一

今晚注定有缘
一巷风声，半亩月光

二

风已经肆无忌惮了
你还矜持些什么

三

别担心，今晚即使停电
还有满天繁星可以搬进房间

我就当把今生的事都弄清楚了

我一直是不安分的人
在有雨无雨的时候
不停地改变自己的形状
感叹号、逗号、停顿号和句号
是我常用的
可多年以来
问号一直是我的心病
也许只有等变成灰了
大风一吹
什么都有了
或者什么都没有了

有时候，鱼儿也会挣脱渔钩
留下一滴摇摇晃晃的血

风继续向前吹

一

风吹着吹着
就把水吹硬了
我跪着跪着
就把石头跪软了

二

不是我不想爱了
实在是我的爱
已经穷困潦倒
捉襟见肘了

三

五月的森林
高燃不退
栀子花从墙里
开到墙外

我没有错过任何一个黄昏

一

夕阳如空巢
我不停地
向它扔去石子
当归鸟

二

这林间的黄昏
是第一次遇见我吗
不然
怎么会打扮得如此美丽

三

我该歌唱谁呢
弱小的草？抑或挺拔的树
繁星如油灯点亮
这是谁给我的方向

薄如蝉翼的爱才是真的

蜻蜓啊
你是什么时候
洞穿了我
雾很薄
那用尽全力的爱
是不曾开放的入口
那风中的摇曳
是我放下的罪恶
晨钟总会想起
我的翅膀
是能透过云层的
光明
即使天空没有下跪
也能重返

夏天的屋顶

夏天的屋顶
在夏天的院子里
在屋顶上
有最好看的花
但这并不是我所要的
也许明天我还会找个理由
在没有花的时候
如果你正好路过
我把梯子给你
我们一起看看星星

因为，翻过那最高的山
是我、夕阳和鸟的心情

我爱黄昏，请你不要爱我

每一次爱
都不应错过一个黄昏
比如乌鸦的低飞
比如羊群的安静
比如正在清洗的翅膀
而面对正往夜流去的水
我总是先把自己关进笼子
再背着双手
告诉路过的人
爱上我
是你犯的错

感谢桥

河里的水
涨了退
退了又涨
幸好我再也不用涉水了
否则我的裤管
卷起来又放下
放下了又卷起来
有时候连卷起来都没有用
水依旧粗鲁地穿过我的裤裆

截取的记忆

我一直都努力着
希望将破碎了的故事
故事里的一片海
海里的那个夜
夜里那渐渐丰满的月亮
月亮下另一个纯净的故事
重新拼凑

就像我曾双手空空
去敲开没有防备的门
用送水出来的女孩的脸
比画桃花盛开的样子

夜就是个孕妇

一

夜就是一孕妇
人类都是她的乖孩子

二

剖开一盏灯
取出柔情

三

所有的阳光聚拢
便是夜了

四

一部分的夜是允许挥霍的
但更多的时候，我抱着石头入眠

路过夕阳

这个世界上的人
都病了
可我只有一片止痛药
如果你也心痛
我就分你半片

现在，趁天还没黑
我要骑着马
房前屋后
再转一圈

原来我走到了春天的土地上

雨水这么饶舌
这么多美好的早晨
如果此时
你走出家口
就会冷不丁地听见
请让一下
我正在路过人间

时间早已有些凉薄

走在星空下
每一步都能把夜踩碎
突然觉得
我爱了

太阳喘过的气息
还留在墙根
风手把手地指导
萤火虫飞行
蝉鸣低沉
翻来覆去的树叶
不像是我想要的表白

突然觉得
自己的爱很久没有用了
铁锈一层层加厚
而时间早已有些凉薄

我的领地

在满月与粮仓之间
是我的领地
鲜花、小草和鸟
甚至小兽
都可以自由进出
我只是每天晚上
翻晒我的太阳

路过大海

一

看到上岸的鱼
我和大海一样
一脸无辜

二

今天有大风
所有的鱼
都是很安全的

三

对于鱼
我比起猫
多了些悲悯

七月的第一天

一

知道老家的荷花开了
所以在途经寺庙时
我忍不住朝庙里望了望

二

戴好有色眼镜
让太阳和我一样
有些忧郁

三

趁荷叶如伞
正好，撑着它
云游四海

我想住在你眼里

一粒沙掉进眼里
它是把这儿当沙漠了
一只虫飞进眼里
它是把这儿当坟墓了
一次次想闯进你的眼里
我是想把那儿当成家了

可不可以在你的画里给我找个位置

说白了
就是一幅画中的缺憾
一群长满白色羽毛的小鸟
集体从天而降
花朵被道德掐住脖子
垂直倒挂
失语的风载着月亮
在小河里沉沦

我是从半空中往下看的
为了让枯死的桃树
以梦的形式复活
我拥抱一朵
流浪已久的云

不针对

午后
收集一些阳光的碎片
掺一斤忘忧草后捣烂
再向海讨来一两水
敷在旧疾处

有时候

满地都是可以制作火柴的树
但没有一棵树
站出来
为我的香烟
说一句公道话

这是最后一次意外

在扣扳机的一刹那
突然觉得
把枪拿反了

我隐约听见
麻雀悲伤地
喊着我的名字

记得有那么一支歌

既然做柴
怕火
做佛
又怕痛
那么
除了腐烂
我还能做什么

要不
就让我腐烂吧
明年
我会长出一些小蘑菇
你的小背篓
还在吗

我为什么喜欢在夜里写诗

现在
我什么都不说
光滑的夜
拂过我每寸肌肤
我知道
远处的河里
有比夜更光滑的鱼
把梦挂在水草尖
一只猫的哭声
怎么也不可能把夜惊醒

所以，我一点都不用担心
被我踢痛的星星
会找到我
我浅浅的口袋里
装着刚刚好够今夜用的
阳光和爱情

想唱一支我喜欢的歌

让我安静一会儿
天空如锈铁
我正用思恋当锉刀
一点点把它磨亮
若隐若现的新月啊
请打开我希望喷薄的嗓子
有一支歌我还没唱完

我还无法清除手掌的孤单
所有人的眼睛
还将被睫毛捆绑
我不需要看到
风是如何臣服于水面和墙
那么还有什么可以解释的
既然祈求的内容如此甜美
窗外的鸟儿呀
就让我们一起去
赞美金色的黑暗

未来的猜想

后来
我死了
把
烟
诗
欲望
都戒了

一想到这
我
就很
开心

其实，墙与镜子很相似

我想方设法去说服
不屑与我站在一起的墙
在此，我完全接受
一切丑陋、虚伪和疾病
至于黑暗与孤独
就让它们紧紧地依偎
如我和我曾经的爱情
衍生出火、电和白色的光

其实，墙与镜子很相似
正面戒备森严
反面城门洞开

这解释有点牵强

第二天
我拦下失踪了一天的老朱
昨晚三缺一
不会是嫂子又……
老朱急忙摆摆手
都老夫老妻了
嫂子昨天回乡下看老爷子
我是想趁她不在
多写几首爱情诗

在六月悟道的诗人

对于生命
我只自沉湖泊
自毁沙漠
至于绽放的
我已没有能力自折

在六月的阳光里
我自制风和阴谋
刀与枪管
我已许多年没有梦到

行走在古城的废墟上
那些曾辉煌的石头
有些像是医生
有些像是情人
仍旧孤独的诗人
却把瓦砾当诗读着
又一字不漏地忘了

我已无更好的诗

种完一亩星星
我就一直在阳台上等待
今夜不说雨
我也无更好的诗
有的
只是初恋般的心情
如果我有些疲乏
那么你一定要帮我守着天空
不要告诉我云有多美
也不要告诉我
月亮如何通透明亮
我只想知道
星星是如何如土豆般破土而出
和它拔节的声音

我的自白

如果有花的话
不一定要有草原
也不一定要有山坡
但一定要有院子

如果有诗的话
即使没有爱情
也没有摇晃的梯子和星星
但一条可以绕着莲池
走一圈的路是少不了的

我是一个被抽空脚下土地的人
我怀疑突然悠蓝的天空
我怀疑突然朝我微笑的人群
今天所有的蜘蛛网
是留给厌恶已久的人的
今天所有打开的鸟笼
都挤满了说着各种方言的鸟

所幸昨晚
我在悬崖边采了两朵白花
虽然路上掉了半朵
但还可以用一朵
祭奠过去
半朵
祭祀将来

我刚从梦里走出来

一夜之间
所有的鸟鸣汇集
而花失去音讯

地面很干净
像没有诗意的天空
而此刻，我应该正好走到河边

我是多么希望
哪个爱上我的人
能在背后狠狠地推我一把

如果人有雪的品质多好

一院子的雪是崭新的
那么一院子的阳光也是崭新的
崭新的阳光落在崭新的雪上
树枝上还有一些
山坡上还有很多
一些落在小溪里
连溪水也变得崭新的
崭新得让人觉得不在人间

让我也像你一样笑一次

我见惯落叶的孤独
也见过一座寺庙的破败
但我第一次见到
衣不蔽体的老农
在玉米地里的如玉米
爆炒似的笑声

我偏执地爱上他那
只能遮挡半张脸的斗笠
我的旅行帽和衣服
都是前天刚买的
我和老农说
让我和你换个行头吧
只要让我像你一样
好好笑一次

在傍晚的水边

在傍晚
在水边
有一万条鱼
穿过我的身体
我截住一条
就当今晚
有月亮

在你的面前，其实我一丝不挂

贫穷的风
只留下冬天
半张脸

但我还能大言不惭
穿黑衣的是我
穿白衣的是我
不穿衣服的
还是我

一个被时间用旧的人
一个把时间用旧的人

是

当所有的影子
都学会拐弯
那我就选一个通风的地方
开始超度
爱情和太阳

我眼里的世界

我仰卧在水面上
看今世
我俯卧在土地上
看来生

但我不忍
不忍心任由人间颓废
我要砍光所有的草
拔掉檩条上的铁钉
让太阳轰然坠落

我眼里的世界（二）

这个世界总有不和谐之声
明明有人刚和我说晚安
却已有很多人
在互道早安

我是极易满足的人
一直把双手放在背后
尽管白天放牧的三朵云
到夜里走失了两朵
我还是会在鱼样游动的文字里
找到晚安

就像当我死去的下一秒
有人亲吻我渐冷的唇
俯在我耳边说
安息吧

我们不说后来，好吗

傍晚的天空
就是傍晚的天空
不能代表什么
就像一场梦
弄不清楚是哪个年代

草原肥沃
鹿血洒了一地
垂在半空中的翅膀
像被文人意淫过的仕女
再也找不到清白

荷花可以慢慢地开
白鹭还在假寐
但我的语言已经醒来
有些脱口而出的冲动
一定比你的脚步
来得更快

那么你嘴里的后来
可以吃吗
可以治病吗
可以爱吗

当手举过头顶

在舍得与舍不得之间
有太阳滚过冷冷的桥面
用寂寞凝结成的台阶上
风把目光吹得左摇右摆

我突然就后悔了
昨晚怎么就会忘了
用月光给你梳出一条长长的辫子

当我举起不知是庆贺
抑或是告别的手时
我终于明白了
我的泪水
为何总比秋雨还多

爱情渺小

星空遥远
风与翅膀握着彼此的手
爱情渺小
我们是不是
该解开生锈的绳缆
给路过的云
轻轻的一鞭

你想说什么

情绪撞翻
影子撞翻
在骨头沉到海底的一刹那
突然响起两个声音
一个是木鱼的
一个是你的

找个新的地方

找个新的地方
那里石头多于树木
那里不生产爱情
到处是盛开的罂粟花
仇人和睦相处
我们像雨一样落下
又像雾一样升起

起风了

爱情已经离开我
许多年了
我也已经把镜子
还给了月亮
可昨晚的门
突然开了
回来好
回来就好
回来真好

我随便把自己
扔到了窗外

天亮后
天上并没有鸟
地上有一粒沙

我又何尝不是

受伤的鸟
落在寺庙的飞檐上
它多么希望真的有佛
能够驮着自己
回到家乡

低垂的头颅

一

低垂的头颅
是谦逊的太阳

二

对于黑夜
怎么就有了惭愧

三

厚厚的书里
我的脸像月亮一样安睡

我远远地看着她

我远远地看着她
远远的
远到什么也看不见的那种
但我的确是
远远地
看着

八月的船
撒下用阳光编织的谎言
阴郁的海鸟
在向空旷的大海
倾诉些什么呢

闪念

马形的云
本来就是云
镰刀与鞭
对它根本没有作用
我只怀念我的海东青
以及垒成火炬一样的麦垛
以及麦垛上
一点就着的爱情

一切都不算太晚

一切都不算太晚
我手握真相
可所有的伤痕都历历在目
喊过痛的嘴都像初开的花一样
在人间
太阳忙着施舍
月亮赶往下一个道场
我也找到了
长满草的双人床

有海路过的夜

月亮爬下梯子
半开的庭院的门口
一只猫比夜更黑

风读过所有的诗
病句如松动的牙齿
有两颗星星笃定多余

这无限放大的夜
我是唯一的白
只不过我是在草丛里

等待有海路过时
放下笔和纸
拣起盐粒

其实，我只是个擦边球

我还来不及
拿出酒杯和酒
月光就轰然坠地
那么我是否还需要
倒一杯酒祭奠
而后，打碎杯子

我在分不清是谁的碎片的河边
闪进一道低矮的门
我知道黑暗中
有人在缝补光明

这时，如果她能想到
藏在厨房里的半截蜡烛
并且点燃
那么我就会像一个
有争议的擦边球
划过人间

祝好

在渐渐裸露的河床上
我找到一个脚印
一枚钉子
一把铁锤

以及
一盒火柴

我的角色

在山顶
看山脚下的行人
像看蚂蚁

我情愿
是在山脚下
看山顶那像丛小草的
百年松树

半山腰
有些人
越来越高大
也有些人
越来越渺小

梦游

用梦
丈量夜的深度
一竿小船
驶入芦苇荡
寻找风起的日子
和日子里的爱情

而岸边
孤独了一百年的绣花鞋
依然在惦记
主人的命运

我知错就改

吹过我的风
吹向我身后的人
可又有更多更大的风
朝我吹来

我想
如果没有我
风是不是就会孤单
或者是风在责怪
我没有登上你的小船

那么
风啊
别催了
我知错就改

雪是一场表白

天黑了
天空布满石头
那没有人怀念的
便是爱情
或者有人怀念的
就不是爱情

这个冬天
所有被脚印读过的距离
是不是可以像雪一样
大哭一场

这个冬天的某一天

风又与玫瑰说起往事
云还远在江湖
与秋天相遇时
我遇见的树都貌似自己
此时，我的爱情
是一支用落叶卷的烟
想想冬天就这么美
我是不是该在这个冬天的某一天
生出一堆星星

我手握冬天的水

一些影子
重过秋后的水
伸进火里的手指
不知是忘了收回还是不愿收回
麻木的是树干是根须
是用半片落叶写的爱情
我手握冬天的水
把吻从石头上拭去
而从土地里散发出来的
正是我喜欢的气味

嘘！安静

若午夜时分天上有一颗星星
在忽明忽暗间
若玫瑰倒挂
如熄灭了许久的灯笼
那么，我的爱人
是你的眼泪淋湿了我的眼泪
是我的梦吵醒了你的梦

第一次

凌晨昏黄的路灯
读不出车票的终点
压低的声音
留给未来的铁轨
一段不可填充的留白
我摸摸微笑的口袋
幸好姐姐偷偷塞给我的糖果还在

写给姐姐的诗

姐姐，我想用一张漂亮的
包过桂花糖的纸
把你包起来

一次没有实施的自杀

我折身返回
天还没有黑透
路灯先亮了
两只彩色的蝴蝶
歇在准备开的花上
天上的星星
伸着懒腰擦着眼睛
睡了

水静静地流着

黄昏将尽
水静静地流着
我爱的人一点消息也没有
路灯像接力赛
渐次亮起
鱼和群山正一点点
把瘦弱的自己
搬到别人的梦里

之后，我便可以自由呼吸

我需要一把刀
削去身上
所有的疾病、伤痕、忧郁

可我更需要锄头
把你从心里连根挖出来
种在鲜花灿烂
我再也不会经过的路旁

多么希望

我多么希望
我们能同时打开彼此的窗
善良的太阳
依次抚摸着我们的脸庞

我多么希望
昨晚的黑不会打扰到你
远方的海
爱过夜，爱过我，爱过你

我多么希望
能遇见一块可供俩人坐的石头
石头里有流水有心跳有爱的声音

我握着一把月光
天空一尘不染

十一月，也不必期待

十月后的爱
都是注满了水的
尽管日子薄得如你给我的勇气一样可怜
尽管我也换上收集了一个秋天阳光的衣服
可衣服的里面
仍然是一望无际的不可知
突然想起一件不可亵渎的事
我摘下所有的纽扣
把它还给星星

秋天终于要走了

几个月前我说过
秋天终于来了
现在，秋天终于要走了

在悬崖边上的房子
所有的坚强都已经氧化
星星松动
就仿佛我嘴角
那个摇摇欲坠的爱情

在可以告白的那个晚上
万物复苏
唯有石头在步履蹒跚中老去
而太阳眼底的那抹暖
有些感慨地告诉我
我深爱的那个人
是天空中那条
重新披上铠甲的鱼

我所深爱的人

我所深爱的人
有时在火中央
她出不来我进不去
我所深爱的人
有时在水底
她上不来我下不去

因为我还有一树零乱的孤单
人间灯火辉煌
我从山中来
带着桂花香

我平行看这个人间

哪有这么多的不经意
石头、云朵、星星
被打捞
缺少太阳与水打结的日子里
雨轻轻地下着
缓缓升起的翅膀下
一棵年过半百的银杏树
瞅准机会
将锯子扑倒在
一支哀愁的歌里

空洞的眼睛

有时，我的眼比夜
黑得早一些
但梦可能很浅
有时，我的眼比夜
黑得晚一些
但梦可以很深

有些爱是被动的
有些爱是主动的

我一边喜欢着
又一边讨厌着

有些爱是莫名其妙的
就像这一次

当你看见雪地里
不知道是天上落下
或者是地里生长的梅花时

人类的眼睛
都是空洞的

可以的隐喻

从月色中牵出一匹马
落叶擦过我的秋天
嗒嗒嗒是落雪的声音
我的爱人是失去繁华的草原
不是梅花
也不是雪莲

爱的含义

爱仿佛一朵花
尽管错过了季节
只要赏花的人还在
总是心甘情愿地开放

后爱情

被秋风劫持了一个秋天后
见我的确穷得
像没有星星的天空
就把我流放到
没人认识我的另一个人间

我所担心的

秋天就这样过去了
什么都没有留下
是不是还有许多没有用过的爱情
还没有照过镜子
也还没有听过流水的声音

而今晚的月亮与你
真的让我很担心

当对面的位置空着

当对面的位置空着
可我的诗里
还是不能没你
因为这样的话
就仿佛猫的晚餐
没鱼

有些事总这么吻合

阳台上的三角梅
又谢了两朵
我本以为它们
能坚持看到明天的太阳
但它们的确谢了
孤独得无声无息
就像刚刚我知道的
某个爱情
死在无声无息的
孤独中

风情就是这样的

不懂风情的人
大口喝咖啡
懂风情的人
细腻而又优雅地
吻着咖啡

落地玻璃窗上
挤满了好奇的阳光

什么是幸福

当北方的雪
遇见
南方的阳光
当你最适合恋爱的年纪
遇见
我

告别辞

即使是一束光
也有昏黄的时候
即使是一泉水
也有疲惫的时候
何况
我都不是

当我静下心来

我想与鸟儿
互换角色
让你仰视
我想与佛
互换位置
你只要虔诚
不要下跪
可我更希望
是小小的溪流
在心情不纠结时
唱着年轻的歌
举着洁白的花
尾随你

陷入沉思的夜

石碑低于草丛
月亮走出森林
一口倒扣的井

一把梯子上
只有两只蚂蚁
搀扶着
向上爬行

努力想吧

一

池塘因何枯竭

二

梅花是不是进错了门

三

昨天你说的话还算不算数

让我们闭好嘴

让我们闭好嘴
那条鱼
还活着哩
就仿佛
即将被封闭的路的那边
梅花兀自开着
连踪迹也不想留给你

生活

我的生活与童话无关
我的生活与写童话的人无关
我的生活也无关风月
只关一个出口
与一个进口

左右为难

当黑色从四边八方围拢
蒙住眼睛的时候
我刚从水里
把太阳与自己捞出来
北方的雪
坐在南方的一页纸上打盹
那些留下的大码脚印
是慌张的无助的
一些声音
从山坡上传来
也有些声音
从我的身体里发出
我收集头发上与衣服上的水
让它顺着两条河
一条流向白天
一条流向黑夜

如果你悟了

善良的头顶

悬着

一把利剑

冬夜里

比月亮更冷

请允许我见异思迁

从没想过能在微寒的夜里
遇见落寞的自己
我的喉咙有歌
我的手指如草
我并不需要用动听的话
给夜以安慰
我只是偶尔允许自己见异思迁
在一朵梅花前想起桃花
而此时如果我有相思
另一个我必定满脸都是涟漪
而此时从我眼里落下的
是被风写错
被路灯读错的春雨

梦是水做的

我无法描述夜里
星星的感慨
更无法理解今晚
杯沿的唇印为谁而红
我是否该一言不发
即使说了也言不由衷
但我知道喝了这杯酒后
该缓缓起身
如月亮告别人间的喜悲

我的心事你是知道的

并不一定要等到天黑
我手里有斧有锄，还有足够的力气
土地像刚铺设的床一样松软

回到一望无际的麦田
明月下镰刀闪亮
马匹嘶鸣
亲人们的口袋灌满风的秘事

我的心事你是知道的
现在离天亮还有十二个小时
晾衣服的竹竿空着
刚好让我
打落几颗怕冷的星星

那年

那年
雪很大
也很白
那年
我俩的恋爱
和雪一样
很大
也很白

如果爱是一种病

一

如果爱是一种病
我宁愿
无药可救

二

如果我只是你眼角的一滴泪
那就放声大哭一次
再把我挤掉

三

你从南方回来
给我模仿
雪落的声音

我的片段

我不是浮萍
我做不了树
也要做一棵小草

可以重叠的

路灯比我高
比路灯高的还有月亮
我是站立的影子
真实的我湿漉漉的
正在游过
一条并不宽的河

理由

依旧没有快活起来的理由
我把力气抠进散落的月光里
连湖面的水
也被抠得稀烂
难怪额头有些痛
那是多年前的旧伤

我的一生只是来来去去

我本来就只有两只脚
一只指挥来
另一只指挥去
在海上时
我借助一块刚好能托举自己体重的物品
在沉沉浮浮中
来来去去

倾情的演员

是只能演自己
或者把别人
也演成自己的人

角色互换

让矮的变高
只需要一把梯子
让高的变矮
也是如此
我和太阳就经常
互换高度
有时也和月亮

你的心里有谁

天空有什么
有池塘
有我
池塘里有什么
有我
有天空

你的心里有大海啊
是谁划着船
一桨连着一桨

我要像水一样爱你

现在，我要像水一样爱你
既然活到这个冬天
我的仓惶将毫无意义
不好也不坏的风
肯定会追上我
递给我一片辽阔的雪地
还会递我一场哭泣
可我仍然会无以为报

现在，我要赶在叶落尽之前
要像水一样爱你

从门缝看外面的世界

天地够大
容得下我对一场
雪的告白

失落

我把昨天给丢了
你说
翻过那座山
游过那条河
就能找到
可我的眼前
只有一杯
月亮

亲爱的上天

亲爱的上天
教会我两样事情
一是写诗
二是恋爱
可冬天的风吹得紧啊
我不得不
抱着凌乱的文字
和鸟蜷缩在一个鸟巢
爱情成了可有可无的东西

我第一个有关地平线的诗

太阳、月亮都不在的时候
地平线是闲置的
可以很远
也可以很近
可不管是远还是近
我都像是一个人
或一堆人

关于欢乐

水的欢乐
是石头给的
风的欢乐
是树叶给的
至于我的欢乐
如果有
都是你给的

小雪

小雪很小
小得令人疼爱
小雪不是雪
是土地上的几道辙
是日子里的几枚指印
小雪很小
小得可以找不到自己

小雪（二）

我的欲望旁边
放着一把梯子
一片花瓣
半张弓
冬天的雪
注定薄情寡义
如爱情一样稍纵即逝
我多想有一杯酒
能把桃花的脸
灌个通红

小雪（三）

雪，我知道你来过
只是你太小
还不懂得哭泣
来了，又折返离开
容易产生爱情的江南

星象

一

天与地把太阳吃了
月亮是吐出来的骨头

二

当星星坠落
你应该知道我为什么会收藏纽扣了吧

三

天呀
你能不能再黑点

你好，太阳

今天
我比太阳
起床晚了一点
它笑眯眯地
站在窗外
把昨晚借用的
眼睛还给我